El talento de Tico

Lada Kratky

Ilustraciones de James Bernardin

HAMPTON-BROWN

¿Lo sabías?

El fútbol es popular en todo el mundo.

Cada cuatro años, los mejores equipos nacionales de fútbol participan en la Copa Mundial.

El fútbol es el deporte nacional en Uruguay, un país de América del Sur.

Uruguay

El equipo nacional de Uruguay usa los colores de la bandera de su país: azul y blanco.

Contenido

. ～～～～ .

Para mis queridos Ali y Krystal.

— Lada Kratky

. ～～～～ .

El gran partido

La pelota de fútbol voló desde la sala al comedor. Jorge la paró y se la pateó a Juan Carlos.

—¡Muchachos! —exclamó doña Betina molesta—. Salgan a jugar afuera, por favor.

—Sí, mamá —contestó Juan Carlos, tirándole la pelota a Tico.

—¡Tico! —gritó Juan Carlos—.
Tú y yo contra Jorge y Delia. ¿Sí?

—Mejor soy el locutor —respondió
Tico, y le lanzó la pelota.

Pusieron la pelota en juego. Tico
anunciaba las jugadas:

—¡Fabulosa jugada de parte de
Juan Carlos! ¡Pero, ojo! Ahí viene
Delia, ¡y le quita la pelota!

En eso llegó su papá en la camioneta. Sonó la bocina y dijo:

—¡Vengan a ver la sorpresa que les traje!

Al ver la caja enorme dentro de la camioneta, Juan Carlos gritó:

—Guau, ¡una tele nueva!

—¡Parece pantalla de cine! —dijo Tico, y entre todos cargaron la caja a la casa.

Doña Betina vio la tele y exclamó:

—¡Pero es grandísima!

—Estaba a buen precio, ¡justo a tiempo para el gran partido entre Uruguay y el Brasil!

—Espero que esté conectada para cuando empiece el juego —sonrió ella.

Y sí, a las 3 en punto, la familia
se sentó frente a la gran pantalla,
esperando el comienzo del partido.
En la mesita, había todo un banquete.

—Para celebrar el partido,
preparé puro plato uruguayo
—explicó doña Betina—: milanesas,
zapallitos rellenos, fainá, y de
postre, dulce de membrillo con
queso manchego.

En eso apareció un cantante en la tele, cantando el himno nacional de Uruguay. La familia Aguirre lo escuchó conmovida. Lo siguió el himno del Brasil.

Después, cuando el árbitro dio la señal, la pelota se puso en juego. La familia Aguirre no despegaba la vista de la pantalla.

El equipo uruguayo comenzó a avanzar. La pelota pasó de un jugador a otro. Herrera se la pasó a Martínez, Martínez a Echeverría, y Echeverría a Cardozo.

De un cabezazo, Cardozo le devolvió la pelota a Herrera, quien de una soberbia patada marcó el primer gol del partido.

—¡GOOOL! —gritó el público, y
volaron papelitos por todo el estadio.
Los Aguirre tiraron almohadones al
aire de pura felicidad.

Pero pronto el equipo brasileño
empató. La familia miró con ansia
hasta que, en el último momento,
¡el equipo uruguayo marcó otro gol!

¡Uruguay había ganado!

—¡U-ru-guay! ¡U-ru-guay!
—gritaron los hermanos.

Cuando todos se habían cansado de gritar y bailar, Tico anunció:

—Lo que me gustó más a mí fueron los himnos . . . ¡ah, y las milanesas!

—¡Ay, Tiqui Tiqui Tico! —sonrió su mamá.

¡Con las manos no!

La familia Aguirre seguía entusiasmada por la victoria del Uruguay aun durante el desayuno de la mañana siguiente.

—A propósito, Tico —anunció su mamá—, el lunes empiezan las prácticas de fútbol. Serán después de las clases. ¿Estás listo?

—¡Pero yo no sé jugar! —dijo él.

—Por eso vas a ir a las prácticas —dijo su mamá—. Para aprender.

—Pero, mamá, es que no puedo —protestó Tico.

—¿Cómo que no? —preguntó su papá—. Todos tus hermanos juegan al fútbol.

—Pero yo no soy como ellos —dijo Tico.

—Mira, Tico —dijo Jorge—. Nosotros te vamos a ayudar.

—¡Por supuesto! —contestaron Juan Carlos y Delia.

Así fue que esa misma tarde, los hermanos de Tico lo invitaron a practicar. Jorge le explicó:

—En el fútbol, lo más importante es no tocar la pelota con las manos.

—Puedes usar la cabeza, los pies y el pecho —añadió Delia.

—Sí, sí, sí, ya lo sé —dijo Tico.

—Entonces, comencemos —dijo Juan Carlos, y le pateó la pelota a Tico. Tico paró la pelota y le dio una patadita. La pelota apenas se movió.

—Dale un poco más fuerte —dijo
Juan Carlos, y se la volvió a patear.

Tico le dio más fuerte, y esta vez
la pelota fue a dar al jardín del
vecino.

—Bueno, mejor practiquemos a
darle con la cabeza, así —sugirió
Delia. Le lanzó la pelota a Tico.

Tico cerró los ojos y brincó para darle a la pelota, pero falló.

—¡Otra vez! —dijo Delia, y le volvió a lanzar la pelota a Tico.

Al ver que la pelota se le iba acercando, Tico se tapó la cabeza con los brazos. La pelota le pegó en el codo.

—¡Ay! —gritó Tico, sobándose.

—No puedes usar los brazos —le recordó Delia—. Ahí va la pelota otra vez. Prepárate.

De nuevo Delia le pasó la pelota de un cabezazo. Tico se tapó con los brazos, y por si acaso, también se protegió con la rodilla.

Entonces a Jorge se le ocurrió una idea:

—Tico, para que te acostumbres a no usar los brazos, ¿qué tal si los metes dentro de la camiseta?

—¡Buena idea! —exclamó Juan Carlos.

Para darle ánimo a Tico, todos los hermanos decidieron jugar sin brazos también.

¡Qué raro era jugar así! Delia, la reina de los cabezazos, tuvo que encontrar cómo echar la pelota al aire sin brazos.

Jorge, normalmente ágil como un venado, se movía como pato.

Juan Carlos tanto estiró su camiseta con los brazos, que la dejó de talla extra-extra grande.

Tico, por su parte, inventó nuevas movidas para evitar la pelota: darle la espalda, saltar alto . . . Por fin dijo:

—No, no, no. En vez de yo pegarle a la pelota, ella me pega a mí. Yo no soy futbolista.

Tico sacó los brazos por las mangas y se fue a sentar, derrotado.

—Ay, Tico —dijo Jorge—. Yo era como tú. Tampoco sabía jugar, y nadie quería jugar conmigo. Pero poco a poco aprendí. Ahora me encanta jugar.

—Pero yo no soy como ustedes. A mí nunca me ha gustado el fútbol —dijo Tico.

—Ten paciencia, Tico. Vas a aprender. Y después te vas a divertir —le prometió Jorge—. Ya verás.

—Bueno —contestó Tico—. Si tú lo dices. Pero hay cosas que me gustan más que el fútbol.

Tico y su secreto

Al día siguiente, la mamá de
Tico acompañó a su hijo al campo
de fútbol. Allí don Luis, el
entrenador, anunció:

—Chicos, vamos a practicar
cómo controlar el balón.

Don Luis había puesto una fila de conos. Tico vio cómo sus compañeros pateaban la pelota entre los conos con facilidad.

Luego le tocó a Tico. Trató de darle una patada a la pelota, y tumbó varios conos.

Trató de darle otra patadita,
pero su pie no dio con la pelota y
Tico resbaló.

De lejos, don Luis, que lo estaba
observando, se rascó la cabeza. Tico
declaró tristemente:

—No sirvo para esto. Es inútil
esforzarme.

Más tarde, en camino a casa, Tico seguía triste. Le anunció a su mamá:

—No voy a volver mañana.

—Tico, nadie nace sabiendo jugar —le contestó ella.

—Pero, mamá, no me gusta el fútbol. Trato y trato, pero la pelota no va donde yo la mando. ¿Y darle con la cabeza? No, no, no . . . —exclamó Tico, sobándose la cabeza.

—Tico, voy a hablar con don Luis. Vamos a ver si a él se le ocurre algo. ¿Qué te parece? —le preguntó su mamá.

—Bueno, iré mañana. Más no te prometo —contestó Tico.

Al día siguiente, Tico llegó a la práctica. Don Luis lo saludó:

—¿Listo para practicar, Tico?

—Listo, sí, pero de mala gana —dijo Tico.

—¿Cómo es eso? —le preguntó don Luis—. ¿No te gusta el fútbol?

—Lo único que me gusta es el himno que cantan al principio y toda la comida que prepara mi mamá cuando lo vemos en la tele —respondió Tico.

—Ahhh, el himno. ¿Te gusta cantar? —preguntó don Luis.

—Pues, sí —sonrió Tico—. La maestra de música dice que tengo una voz muy buena.

—Tuviste que practicar las canciones para aprenderte la letra, ¿no? —siguió don Luis.

—Es verdad —asintió Tico.

—Pues, lo mismo pasa con el fútbol —dijo don Luis.

—Pero la música me interesa más que el fútbol —dijo Tico.

Don Luis se quedó pensando un momento. Luego le propuso algo a Tico:

—Tico, ¿qué te parece si hacemos un trato? Por tu parte, vas a practicar las jugadas con el equipo. Por mi parte, voy a pedirle a la maestra de música que te enseñe a cantar el himno nacional. ¿Qué te parece?

Tico lo miró sin entender.

—Voy a ver si cantas el himno en el primer partido de la temporada —explicó don Luis.

—¿Que lo cante yo? ¿Con micrófono? ¿Delante de todos? —preguntó Tico maravillado.

—Sí —contestó don Luis—. ¿Trato hecho?

—¡Trato hecho! —respondió
Tico—. Pero que sea una sorpresa
para mi familia, ¿sí?

—Le tendré que decir a tu
mamá —dijo don Luis—. Pero podrá
ser una sorpresa para el resto de la
familia. ¿De acuerdo?

—De acuerdo —dijo Tico,
sonriendo de oreja a oreja.

Práctica y más práctica

Al día siguiente, Tico fue uno de los primeros en llegar a la práctica. Venía de buen humor y estaba muy entusiasmado.

Esa tarde, don Luis les enseñó a los chicos unas jugadas nuevas. Las practicaron varias veces.

Cuando le tocó a Tico, otra vez falló. Pero esta vez, en lugar de darse por vencido, exclamó:

—Páseme la pelota otra vez, don Luis. Quiero hacerlo de nuevo.

Para Tico, la tarde pasó rápidamente. Sus fracasos ya no lo molestaban tanto.

Cuando llegó su mamá, Tico y don Luis se le acercaron. Don Luis la saludó y le explicó el trato que había propuesto. Acabó diciendo:

—Si Tico se esfuerza y aprende a cantar el himno, lo va a cantar al principio del primer partido. ¿Tengo su permiso?

—¡Ay, sí! —exclamó la mamá.

—Pero quiero que sea una sorpresa —advirtió Tico.

—No diré nada —prometió su mamá—. Gracias, don Luis.

—El gusto es mío —declaró don Luis—. Ahora, al gimnasio, Tico. La maestra te está esperando.

Tico entró y saludó a la maestra.

—¡Hola, Tico! —le sonrió ella—.
¿Listo? Bueno, primero vamos a
practicar la melodía del himno
nacional. Tú sígueme.

La maestra tocó las primeras
notas en el piano, y Tico las repitió:
—La, la, la, la, la, la . . .

Media hora después, Tico estaba feliz. Corrió a la camioneta, donde lo esperaba su mamá.

Charló durante todo el viaje a su casa. Charló toda la tarde y durante la cena. Charlaba de esto y de aquello, sólo porque estaba contento.

—Me parece que ya te está gustando el fútbol —le dijo Jorge.

—Estás mucho más contento —dijo Delia.

Tico no quería revelar su sorpresa. Para que no se le escapara, se retiró de la mesa y, llevando sus platos a la cocina, dijo:

—Mañana jugamos un partido de práctica. Tengo que dormirme temprano. Así que buenas noches.

Y desapareció a su cuarto.

Su familia quedó muy sorprendida.

—¿Qué le habrá picado a ese niño? —preguntó el papá.

—¿Quién sabe? —contestó la mamá, muy disimulada.

Durante la práctica al día
siguiente, don Luis separó a los
chicos en dos grupos, uno contra
el otro. En una ocasión le llegó la
pelota a Tico.

Se acercó al portero con la
pelota entre los pies. Sólo tenía que
patear el balón para marcar un gol.

Pero entonces, de la nada,
apareció un jugador del otro grupo.
Le quitó la pelota con facilidad.

Tico se sintió muy desilusionado.
Entonces miró a don Luis y sonrió.
Recordó que después de esta
práctica iría a la otra, a la que le
gustaba más. Dio media vuelta y
corrió tras la pelota.

Aplausos para Tico

Era sábado. Pero no era un
sábado cualquiera. Hoy el equipo
de Tico jugaría en el primer partido
de la temporada.

La familia Aguirre estaba muy
entusiasmada.

—Ya es hora de irnos —dijo Tico, que se veía nervioso—. Vamos o llegaremos tarde.

En cuanto Tico se subió a la camioneta, Jorge, Juan Carlos y Delia empezaron a darle consejos y a hacerle advertencias.

—Oye —dijo Juan Carlos—, no te olvides de dar pequeñas pataditas. No dejes que se te escape la pelota.

—Y Tico —añadió Delia—, no te olvides de usar la cabeza.

—¡Y el pecho! —dijo Jorge—. Usa el pecho también.

—¡Ya sé! —exclamó Tico—. ¡No me digan nada más! Ahora les voy a decir algo yo. Les tengo una sorpresa, pero no les voy a decir lo que es. Pronto verán lo que aprendí.

Antes de que Tico pudiera decir más, llegaron a la escuela. Se bajaron todos de la camioneta. Tico salió corriendo a reunirse con su equipo.

—¿Qué sorpresa tendrá? —preguntó el papá.

—A lo mejor lo pusieron de portero —dijo Juan Carlos.

—O quizás lo hicieron capitán —sugirió Delia.

—Creo que se aprendió una tremenda jugada —dijo Jorge.

Su mamá sólo pudo sonreír.

Para entonces los Aguirre habían llegado a sus asientos.

—No veo a Tico —dijo el papá.

—Miren. Allá está con don Luis —señaló Jorge.

—¿Por qué no estará con el resto del equipo? —preguntó Juan Carlos.

En ese momento, don Luis se dirigió al micrófono, seguido por Tico. Entonces dijo en inglés:

—Muy buenos días. Les quiero dar a todos ustedes la bienvenida, y en particular a los equipos que han venido a jugar. Ahora, les pediré que se pongan de pie. Uno de nuestros jugadores va a cantar el himno nacional de los Estados Unidos. Adelante: ¡Tico Aguirre!

El público se puso de pie y don Luis ajustó el micrófono para Tico. Los Aguirre quedaron con la boca abierta.

Con paso decidido, Tico avanzó al micrófono. La Srta. Ruiz empezó a tocar, y Tico se puso a cantar.

Cantó con una voz bella y fuerte.
Sus hermanos lo escucharon
boquiabiertos. Doña Betina sonreía.
Su papá, disimulado, se secó un ojo.

Cuando Tico terminó, estalló un
aplauso fenomenal. Tico sonrió.
Estaba orgulloso de sí mismo. Había
hecho algo que le gustaba, y lo
había hecho bien.

Después, dos equipos pasaron al campo. Tico estaba entre ellos.

Tico jugó a su manera, a veces bien, a veces no tan bien. Pero se esforzó.

Sabía que le gustaba la música. Y ahora, le estaba gustando el fútbol también. Bueno, por lo menos un poquito.

Sobre la autora

Lada Kratky se crió en el Uruguay. Ha sido maestra de kindergarten y de primer grado. Además, ha escrito muchos cuentos y poemas para niños. Ahora vive en California, y le encanta viajar por todo el mundo con sus dos hijos.